KB242106

Good Dog

Good Dog Stay

Good Dog
굿독-'보' 와 함께한 아름다운 날들

초판1쇄 발행 2009년 5월 15일

지은이 애너 퀸들런
옮긴이 이은선
교정교열 이영주
디자인 정계수

펴낸이 박철준
펴낸곳 갈대상자
주소 서울시 마포구 서교동 393-5 화승리버스텔 501호
전화 02)325-6743 팩스 02)324-6743
전자우편 papyrusbasket@gmail.com
등록번호 제 313-2008-110호
등록일자 2008년 7월 8일

ISBN 978-89-962150-2-8 (03840)

* 책값은 뒤표지에 있습니다.

Good Dog

굿독

'보'와 함께한 아름다운 날들

애너 퀸들런 지음 | 이은선 옮김

갈대상자

반려동물 없이 혼자 동물병원을 찾는 사람. 지난 몇 년 동안 나는 이 세상에서 제일 가엾은 존재였다.

"보?"

안내 데스크 직원이 보를 부르자 나는 자리에서 일어섰다. 브라운 선생님이 나를 사상충*개의 심장에 기생하는 선충: 옮긴이*이 담긴 병과 개 무릎 관절 표본이 갖추어져 있는 진찰실로 안내해 처방전을 떼주었다. 그리고 때가 되면 왕진을 가겠노라 약속했다. 왕진의 목적은 안락사이지만, 우리 둘 다 그 말은 하지 않았다.

이 글의 주인공이자 '브리스틀스 보러가드 뷰캐넌'이라

는 우스꽝스러운 이름으로 불리는 까만 래브라도 리트리버는 우리 집 현관에 깔린 오리엔탈 러그 위에서 잠을 자고 있었다. 러그에서는 냄새가 났다. 보한테서도 냄새가 났다. 말년에는 녀석이 직접 동물병원을 찾아갈 필요가 없었다. 녀석은 앞을 거의 보지 못했고, 소리도 듣지 못했다. 그래도 내가 개줄을 당기면서 한껏 밝은 목소리로 부르면 보는 예전에 전립선 검사를 받았던 그곳으로 간다는 뜻인 걸 알아차렸다. 녀석은 로디지안 리지백남아프리카산 사냥개: 옮긴이처럼 척추에서 털을 잔뜩 세우고 동물병원에서 걸어 나왔다. 역사적인 그날 이래, 녀석은 북적이는 뉴욕거리에서 나를 구경거리로 만들곤 했다.

"개를 아주 끌고 가시네요."

한 남자가 브로드웨이 가의 버스정거장 근처에서 적절한 소리를 내뱉었다. 맞는 말이었다. 보는 의사 가운 증후군 때문에 일종의 조직 마비가 왔고, 개줄에 달린 75파운드짜리 단단한 덩어리로 변해버렸다. 그것은 아이들이 끌고 다닐 수 있도록 나무로 만든 장난감과 비슷한데, 그보다 더

부피가 크고 좀처럼 움직이지 않는다고 보면 된다. 그렇게 간신히 병원대기실에 도착하면 녀석은 몸을 흔들었다. 그러면 털이 날려 모기 떼 비슷한 검은색 털 안개로 다른 환자와 그 주인들을 덮어버렸다.

그 난리법석이 전혀 달갑지 않았지만, 그렇게 난리도 피우지 못할 만큼 약해지는 건 슬픈 일이었다. 보가 점점 나이가 들자, 동물병원 게시판의 오갈 데 없는 새끼 고양이와 잃어버린 잡종 개를 찾는 쪽지 옆에 나란히 붙어 있는 반려견용 택시 광고를 이용할 수밖에 없었다. 그렇게 하지 않으면 겨우 몇 블록밖에 안 되는 거리를 이동할 방법이 없었다. 녀석은 뒷다리에 보철을 넣었는데 아직 적응이 안 된 듯했다. 동물병원에 갈지 모른다는 걸 마지막으로 감지한 날에는 현관 입구 층층대에 드러누워 보는 꿈쩍도 하지 않았다. 똑같은 실수를 두 번 다시 반복하지 않겠다는 표현이었다. 그건 나도 마찬가지였다.

언젠가 나는 몸이 점점 말을 안 듣고, 질병과 죽음의 중간 지대인 일종의 림보에 갇힌 사람들과 함께 지낸 적이 있

었다. 병이 낫거나 몸이 편안해질 가망이 없는데도 마냥 쑤시고 검사하고 치료하는 의료진의 태도가 나는 싫었다. 인간의 경우에는 완쾌를 위해 모든 조치를 강구하는 게 당연시된다. 동물의 경우에는 적절한 조치만 취해줘도 충분한 호사를 누린 것처럼 여겨진다. 어느 대법원 판사도 이야기한 것처럼 우리가 누려야 할 가장 중요한 권리 중 하나는 어느 누구의 방해도 받지 않을 권리다. 보는 거의 15년 동안 우리 가족의 동반자로서 충성을 다했으니 그럴 권리가 있었다.

사람들이 이미 세상을 떠난 후, 고마워할 수 없게 된 뒤에야 부고를 쓰고 추도사를 바치는 건 안타까운 일이다. 장례식이 끝난 다음 "고인이 좋아했을 거"라고 말하는 게 도대체 몇 번째인가 말이다. 일설에 따르면 「뉴욕타임스」가 부고를 일찌감치 써놓는다는 소문을 듣고 자기 기사를 슬쩍 훔쳐보려고 했던 유명인사가 몇 명 있었다고 한다. 그들이 내세운 이유는 사실 확인을 위해서라지만, 내 생각에는 자존심 때문이 아닌가 싶다. 활자는 어느 정도 크기일까?

어떤 내용일까? 그리고 마지막으로, 걸출한 유명인사들의 세계에서 가장 중요한 질문. 사진까지 넣어서 1면에 실어 줄까?

물론 보는 내가 자기에 대해 무슨 이야기를 할지 모를 것이다. 보 이야기는 내 이야기이자 우리 이야기, 우리 가족 이야기, 우리가 함께 보낸 이야기다.

개가 없어도 일상을 유지하는 데 아무 문제 없고, 사나운 짐승들이 잡아먹지 못하게 양을 지킬 필요가 없는 인간들에게도 개는 많은 도움이 된다. 개 전시회에 가보면 그런 일을 하는 녀석들을 아직도 작업견이라고 부르지만 정말 사냥을 하는 사냥개가 얼마 없는 것처럼 정말 일을 하는 작업견도 거의 없다(하지만 반려견으로 분류된 녀석들은 정확히 그 이름에 걸맞은 역할을 한다). 요즘 개들이 실제로 하는 일은 무엇인가 하면, 주인으로 하여금 감정을 이입하게 만드는 것이다. 이를테면 주인이 신나거나 기운 없거나 외로우면 자신이 키우는 개도 그럴 거라고 믿게 하는 것이다.

"시골집에 가면 녀석이 정말 좋아한다니까."

우리 남편은 늘 이렇게 말했다. 어쩌면 그의 말이 맞는지도 모른다. 보는 노트북 전용 가방이 현관 근처에 놓여 있으면 시골집에 간다는 뜻인 걸 항상 눈치 챘다. 나이 들어 절름발이가 된 뒤에도 그때마다 춤을 추곤 했지만, 내가 보기에 시골집에 가면 정말 좋아하는 사람은 우리 남편이다. 남편은 보와 한마음이라고 생각하고 싶어 하는 게 아닐까 .

사람들은 자녀들에게 이런 태도를 보인다. 그들을 거울처럼 대하는것이다. 성인 남자들이 소년 리그 야구 경기장에만 가면 이래라저래라 고함을 지르고, 엄마들이 어린 딸에게 립글로스나 볼 터치를 허락하는 이유는 다 그 때문이다.

분만실에서 온전한 생명이 물리학의 모든 법칙을 깨트리며 자기 몸에서 태어나는 걸 한 번이라도 경험한 적이 있는 여자는 그렇게 태어난 아이를 완전히 개별적인 존재로 인정하는 데 조금 어려움을 겪는다.

오랫동안 나는 스스로 이런 사람들과는 다르다고 생각하며 살짝 우쭐해하고 있었다. 그러다 어느 날 저녁, 내가 딸의 작문숙제를 도와준답시고 나섰다가 심하게 잔소리를 늘

어놓는 사건이 벌어졌다. 그때 딸아이는 "엄마, 난 엄마가 아니잖아요"라고 말했다. 딸아이의 이 말은 "나랑 결혼해 줄래?"와 "임신입니다"와 더불어 나의 무의식 속에서 영원히 나부낄 깃발이 되었다.

하지만 개는 말을 하거나 말대꾸를 하지 않는다. 요즘 같은 언어과잉 시대에 그것은 특별한 매력이다. 그렇기 때문에 아무 어려움 없이, 한도 끝도 없이 주인의 거울 역할을 할 수 있다. 개 하면 빼놓을 수 없는 순진한 얼굴도 어느 정도 영향을 미친다. 그러나 고양이를 볼 때는 일심동체라는 생각이 절대 들지 않는다. 단춧구멍 같은 호박색 눈과 흉터 있는 윗입술로 짓는 표정이라고는 대부분 경멸 혹은 무관심이다. 내 발목에 몸을 감으면 배고프다는 뜻일 뿐 애정의 표현이 아니다.

나는 고양이의 이런 면이 마음에 든다. 고양이는 반려동물계의 클린트 이스트우드다. 개는 친구가 필요하기 때문에 주인 곁에 앉지만, 고양이는 자기가 선심을 쓰는 거라고 생각한다. 그래서 주인이 "앉아!" 하면 일어나서 밖으로 어

슬렁어슬렁 나가버린다. 이럴 때 개들은 대부분 웅크리고 앉아서 촉촉하게 젖은 눈으로 주인의 눈을 뚫어져라 쳐다보며 몸을 살짝 떤다.

인간들은 개를 키우면서 나중에 다른 누군가와 그런 관계를 맺을 수 있을 거라고 착각한다. 어렸을 때는 연인과 그런 식으로 완벽하게 교감을 나눌 수 있을 거라고 믿는다. 나이 들어서는 아이들과 그렇게 공생의 관계가 될 수 있을 거라고 착각한다. 한없는 사랑, 흔들림 없는 관심, 조건이나 비판 없는 우정. 예전에 '나는 우리 집 개가 생각하는 그런 사람이고 싶다'고 쓰인 베개를 본 적이 있다. 아주 정곡을 찌르는 문구다.

따라서 개의 특성상, 개에 대한 이야기를 하면 어느 정도 내 이야기가 될 수밖에 없다. 보가 우리 동네를 비틀비틀 걸어가면, 지나가던 사람 눈에는 오랜 세월 동안 흔들어대느라 낡아서 살짝 부러진 것 같은 꼬리와 하얀색 주둥이를 가진 늙은 래브라도로 보였을 것이다. 하지만 내 눈에는 새끼 시절부터 청년과 중년을 거쳐 노년에 이를 때까지의 보

가 보였다. 목소리가 높고 날카로운 두 남자아이와, 그 두 오빠를 쫓아다니면서 어린 시절을 보낸 한 여자아이와 떼려야 뗄 수 없게 얽힌 그 개의 지난날들이 보였다. 그 셋이 오동통한 강아지 옆에 쭈그리고 앉아서 자기 손가락을 깨물도록 강아지에게 내밀고 있던 모습이 눈에 선하다.

"이빨이 진짜 날카롭다."

큰아이가 말했다.

"그러게, 형. 진짜 날카롭다!"

둘째가 말했다.

"진짜 날카롭다."

두 아이의 여동생이 따라했다.

남자아이들과 여자아이는 어른이 되었고, 그들의 부모는 중년이 되었다. 그것이 나의 이야기이자 보의 이야기다.

아이들은 키가 자랐고, 목소리는 굵고 낮아졌고, 둥글둥글하던 얼굴이 뾰족해지면서 광대뼈와 턱뼈가 드러났다.

하지만 보는 아이들을 항상 알아보았다. 아이들은 대학생이 되고 나서는 몇 달씩 집을 떠나 있었고, 친구들과 우

르르 몰려다니며 자기 인생을 즐기느라 바빴다. 가끔 집에서 보와 마주치더라도 그냥 녀석의 머리 위로 넘어가고 말 때도 있었다. 그래도 녀석은 어떤 기계에 달린 팬벨트처럼 꼬리로 나무 바닥을 툭툭 때렸다.

가끔 보면 아이들이 강아지를 사달라고 난리다. 자기가 훈련도 시키고 산책도 시키고 밥도 주고 이도 닦아주고 헌신적으로 돌보겠다고 말을 하지만 그러지 않을 게 뻔하기 때문에 절대 속지 않겠다는 사람들이 있다.

물론 아이들은 약속을 지키지 않는다. 반드시는 아니지만 거의 언제나, 특히 폭우나 진눈깨비가 내릴 때 아이들이 개를 데리고 산책을 나가줄 거라고 믿는 것은 겨울방학 숙제가 없다든지 담배가 친구 거라는 말을 믿는 것과 다름없다. 아이들에게 있어서 개의 역할은 어떻게 보면 엄마, 아빠의 역할과 비슷하다. 뭘 해주는 게 아니라 있어주는 것, 어떤 행동을 하는 게 아니라 존재해주는 것이 부모의 할 일이다. 우리는 아이들이 평소에는 없는 취급 하다가 힘들 때나 무서울 때, 그리고 가끔은 행복할 때 찾는 주춧돌이자

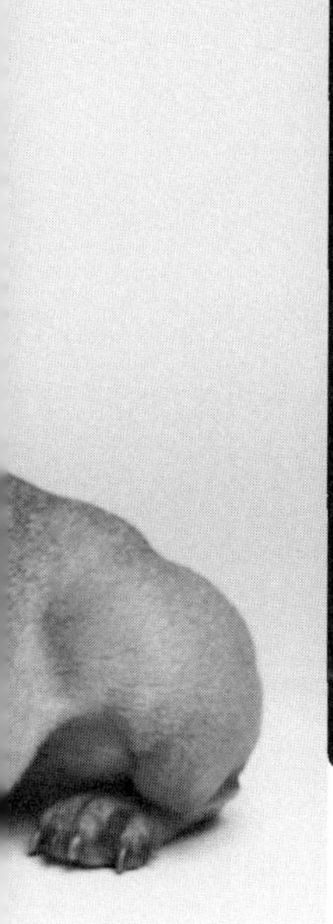

배경이고 풍경이다. 아이들에게 엄마, 아빠, 개, 집은 마음 내킬 때 언제든지 떠났다가 다시 찾고 또 다시 떠날 수 있는 존재이다.

성견이 되면서 보는 큼지막하고 뭉툭한 머리, 확고부동한 자세와 우렁찬 소리로 믿음직스럽고 착실한 배역에 어울리는 개로 자랐다. 법복이나 하얀 가운을 입히면 디즈니 영화에 판사나 의사로 출연해도 손색이 없을 정도였다. 하지만 래브라도로서 그의 기나긴 인생은 거칠고 난폭하게 시작되었다.

요즘 엄마들은 '나쁘다'는 말을 잘 쓰지 않는다. 가치중립적이어야 할 요즘 시대에 너무 비판적인 단어라고 생각하기 때문이다. 그래서 그말 대신 '안 좋다'는 표현을 쓰는데, 예를 들면 이런 식이다.

"크리스토퍼, 마리아 머리에 요거트 바르면 안 좋은 행동이야. 퀸, 동생한테 그렇게 시키면 안 좋은 일이겠지?.”

어렸을 때 보는 행실이 별로 안 좋아서 어느 누구도 마음을 놓을 수가 없었다. 우리 시골집에 놀러온 친구들은 수영하러 갈 때 신발이나 양말이 바닥에 굴러다니지 않도록 늘 조심해야 했다. 잘 보관해두지 않으면 보가 먹어치우기 때문이었다.

녀석의 어렸을 때 모습 중 가장 기억에 남는 걸 꼽으라면 훔친 레이스 뜨개실을 입에 물고 질질 끌면서 마당을 전속력으로 달리던 모습이다. 청년기에는 하나로 묶은 딸아이의 머리를 물고 같이 달음박질을 시도한 적도 있었다. 우리가 고함을 지르자 녀석은 어쩔 줄 몰라 하는 표정이 되었고, 나는 신문지를 돌돌 말아서 녀석을 호되게 때렸다.

우리 남편은 이 세상에 나쁜 개는 없고 나쁜 주인만 있을 뿐이라고 입버릇처럼 말했다. 개가 아니라 사람을 겨냥해서 하는 말인데, 때때로 우리는 우리가 나쁜 주인인지 고민에 휩싸이곤 했다. 한번은 시골집에서 보가 달아나서 떠나는 날 저녁까지 돌아오지 않은 적이 있었다. 우리는 할 수

없이 흐느껴 우는 아이들을 뒷자리에 태운 채 집으로 출발했다.

"보가 죽었나요?"

큰아이가 묻자 귀에 거슬리는 현대 음악처럼 불협화음을 내던 다른 두 아이의 흐느낌이 점점 더 커졌다. 우리는 그 지역 신문에 보를 찾는 광고를 실었다. 알고 보니 보는 죽은 게 아니라 2마일 떨어진 곳에서 골든 리트리버와 잘 먹고 잘 살고 있었다. 시골집의 친정 아버지가 소형 트럭 뒷자리에 보의 대바구니를 싣고 가서 녀석을 강제로 끌고 왔다.

환경이 좀 더 열악한 도시로 돌아온 뒤에도 녀석은 문이 잠깐 동안이라도 열려 있으면 집을 빠져나가 자유롭게 거리를 질주했다. 그때마다 나는 지나가던 행인의 도움을 받아가며 몇 블록을 달렸는지 모른다. 아, 까만색 개요? 저쪽으로 갔어요. 농담 좋아하는 어느 지인은 나더러 『저 개 잡아라!』라는 제목으로 어린이 책을 쓰는 게 어떻겠느냐고 했다. 내 입장에서는 하나도 재미없는 농담이었다.

래브라도는 뒤늦게 철이 드는 걸로 유명하다. 법정 연령

과 그럴 만한 몸무게가 한참 지났는데도 자기들이 강아지인 줄 안다. 이때 우리가 가장 많이 들었던 충고가 거세시키면 집에 붙어 있을 거라는 거였는데, 사지 멀쩡한 수컷은 치료를 받아야 하는 골칫덩어리라는 뜻이었으니 참 묘한 충고였다.

결국 보는 거세수술을 받았다. 오랫동안 고민한 것치고는 간단한 수술이었다. 보가 잃어버린 '그것'이 당시 열 살과 여덟 살이었던 두 아들에게는 엄청난 의미였다. 두 아이는 소파에 나란히 앉아 있을 때도 긴장한 모습이 역력했다. 보는 수술 후 매단 플라스틱 보호구 때문에 문턱에 걸리고 커피 테이블에 놓여 있던 머그잔을 떨어뜨리는 등 여기저기 부딪히며 집 안을 돌아다녔다. 그걸 보고 우리는 '꼴통'이라고 불렀다.

보는 발이 무지막지하게 커지고 꼬리가 두툼해지면서 예전에 비해 아주 얌전해졌다. 예전에는 무대가 전 세계였다면, 이제는 쓰레기통 뚜껑을 깜빡하고 안 닫은 옆집과 죽은 사슴이 누워 있을 가능성이 다분한 집 뒤의 늪지 정도로 좁

혀졌다.

어떤 날은 사슴의 가슴 부위를 통째로 입에 물고 미친 듯이 꼬리를 흔들면서 나타날 때도 있었다. 이 정도로 무대가 좁혀져도 특정한 부류가 지닌, 말썽을 좋아하는 습성은 여전했다. 어느 해 여름에는 스컹크한테 세 번 공격을 당했고, 썩은 시체를 먹는 데 맛을 들여 죽은 고슴도치 위로 몸을 굴렸다가 몇 주 동안 가시가 박힌 채 돌아다니기도 했다.

그러나 그런 녀석도 말이라면 질색을 해서 우리보다 훨씬 먼저 말발굽 소리를 감지할 정도로 예민했다. 따각따각 하는 소리가 계곡에 울려 퍼지기 3~4분 전부터 계속 으르렁거리는 식이었다. 그런가 하면 갑자기 터지는 소리도 무서워했다. 총소리나 천둥소리가 들리면 안절부절못했고, 독립기념일에 불꽃 터지는 소리가 들리면 백발백중 2층으로 사라졌다. 다 자란 래브라도가 꼬리와 엉덩이만 내놓고 침대 시트 속에 숨어 있는 것만큼 애처로운 광경도 없을 것이다.

녀석은 주인이 물새 사냥견의 의무를 몇 번씩 강조해도

절대 물속으로 뛰어들지 않았다. 아무래도 래브라도한테 꼭 있어야 할 유전자 없이 태어난 게 아닌가 싶었다. 그러다 여섯 살이던 7월의 어느 날, 보가 갑자기 물속으로 뛰어들었다. 꽥꽥거리는 열 몇 마리의 거위를 쫓아내겠다는 일념으로 녀석은 열심히 호수 건너편으로 발을 젓기 시작했다.

그 무렵 보는 착한 개였고, 우리도 몇 번이나 착하다고 녀석에게 칭찬을 해주었다. 녀석은 '냠냠' '개줄' '산책'과 더불어 '착하다'는 말도 알아들었다. 녀석은 매일 아침 주인과 함께 달렸고, 겨울이면 얌전히 벽난로 앞에 누웠고, 가구에 부딪히지 않았고, 손님들한테 덤비지 않았다. 어느 12월 마지막 날에 초콜릿 트뤼플이 담긴 그릇에 머리를 박고 귀까지 묻고 있다 들통 나기는 했지만, 길거리와 저녁 모임에서 만난 사람들한테 어쩌면 그렇게 의젓하냐고 칭찬을 들었다.

그런데 아홉 살이 되었을 때 일생일대의 충격이 녀석을 찾아왔다(적어도 계단을 뛰어서 오르내릴 수 없게 됐다는 걸 깨닫기 전까지 이보다 더 큰 충격은 없었다). 우리가 이

웃 집에서 태어난 황갈색 새끼들을 보고 넋을 잃은 나머지 노란색 래브라도를 한 마리 들이기로 결정한 것이다. 이 아이의 이름은 엔들리스 마운틴스 비기 쇼티, 줄여서 '비'였다. 길을 가다 모르는 사람들이 두 녀석의 이름을 물으면 무슨 쇼 프로그램처럼 들려줘야 했으니 어찌보면 잘못 지은 이름이었다.

하지만 보가 생각하기에 이보다 큰 잘못은 비를 들이기로 한 발상자체였다. 우리는 녀석에게 엄청나게 선심을 쓴다고 생각했다. 따분하고 지루한 중년을 보내는 녀석에게 반려견을 한 마리 선물한다고 여겼던 것이다. 하지만 녀석이 보기에는 우리가 제정신이 아니었다.

우리는 개를 자식처럼 생각하는 부부가 아니다. 스스로 보의 엄마, 아빠라고 부른 적도 없었고, 녀석을 아들이라고 부른 적도 없었다. 우리 부부에게는 아들이 있었고, 그 아들들은 우리 얼굴을 핥거나, 해동하기 위해 싱크대 위에 올려놓은 햄버거 고기를 훔쳐 먹지 않았다. 나나 남편이 개한테 옷을 입힐 가능성은 거의 제로에 가깝다. 우리는 그런 식으로 개를 키울 만한 사람들이 아니었다.

그런데 비가 등장했을 때 보가 보인 반응은 굉장히 낯이 익었다. 개가 아니라 아이들을 키우면서 겪은 경험 때문에 익숙한 것이었다. 녀석은 경쟁을 달가워하지 않았다. 기회가 있을 때마다 비와 주인 사이를 비집고 들어왔다. 비의 머리에 손이라도 얹을라치면 어느새 녀석이 달려와 그 큰 머리와 어깨로 비를 밀쳤다. 이 귀여운 강아지가 자신의 다리 주변을 빙빙 돌다 옆구리를 살짝 깨물고 재미있어 하며 도망치면 녀석은 점점 더 짜증을 부렸고, 결국 비를 앞발로 누르고 으르렁거려야 직성이 풀렸다.

비는 아첨하는 방법을 금세 터득했다. 어딜 가든 노예처

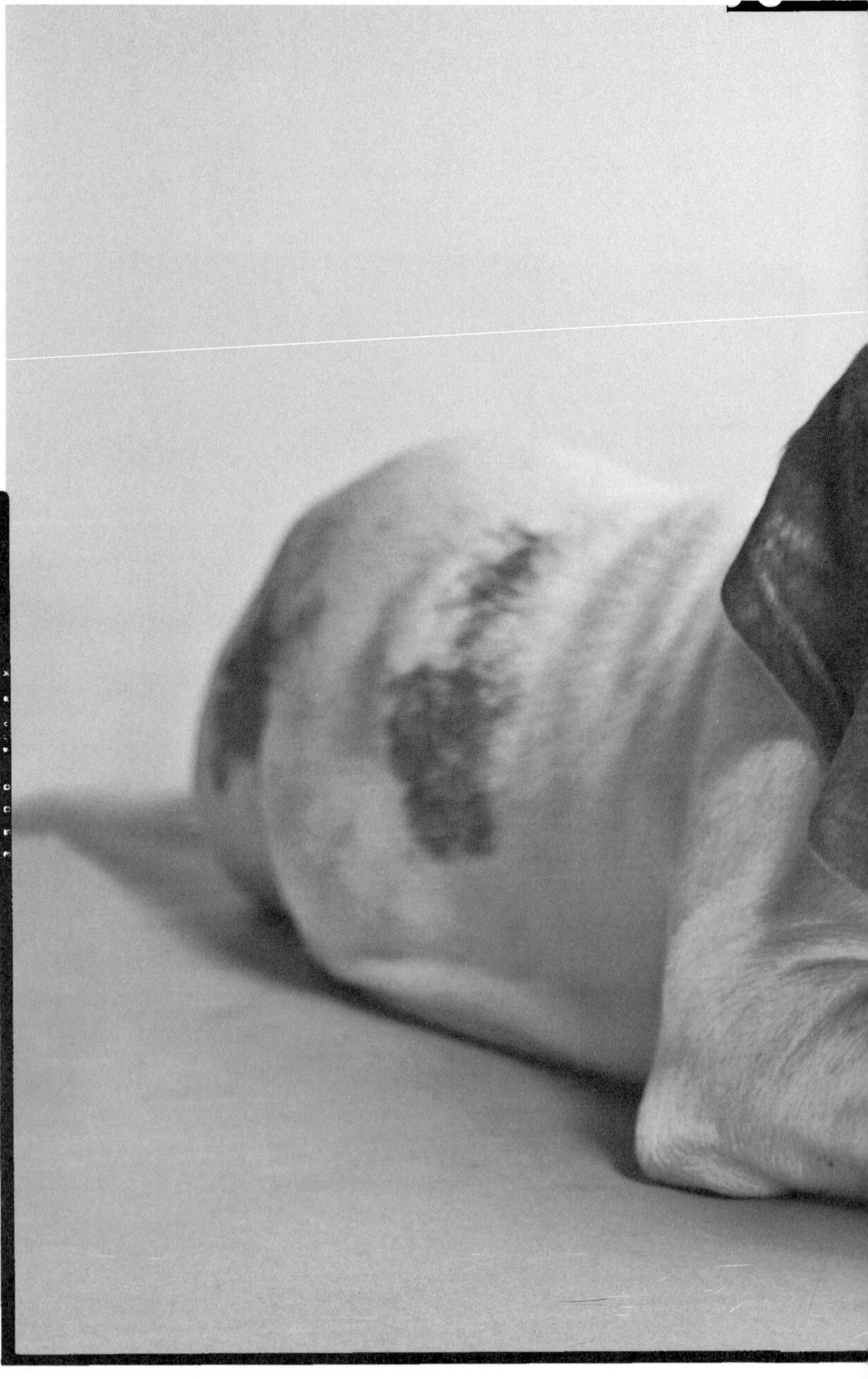

럼 보의 꽁무니를 쫓아다녔고, 보가 잠을 자고 있으면 이따금 다가가서 얼굴을 핥았다.

부모라면 누구든 이런 식의 역학관계를 익히 경험했을 것이다. 나는 큰아이에게 엄마의 사랑을 나누어서 받아야 한다고 설명했을 때가 생각났다.

"퀸, 이걸 명심해라. 엄마는 크리스토퍼의 엄마이기도 하다는 걸."

내 말을 듣고 그 아이는 겁에 질린 얼굴로 물었다.

"그럼 아빠도 크리스토퍼 아빠예요?"

어린아이에게 동생이 태어날 거라고 알려주는 것과 자기 독차지인 줄 알았던 엄마, 아빠의 사랑을 동생도 누릴 권리가 있다는 걸 납득시키는 것은 전혀 별개의 문제였다. 마리아가 태어났을 때 크리스토퍼에게 "우리 집에 아이가 또 있어야 하는 이유"를 납득시키는 것도 쉽지 않은 문제였다.

우리는 비 덕분에 보가 늙지 않을 거라는 논리를 내세웠는데, 그 부분은 우리 생각대로 된 것 같다. 보는 비가 달리기 때문에 달렸고, 그 옆에서 먹을 걸 뒤졌고, 쓰러지지 않

고 버텼다. 예전에 비는 빙글빙글 춤을 추면서 나이 많은 친구한테 다가가 재미삼아 엉덩이로 세게 부딪치곤 했는데, 보가 점점 노쇠해진 뒤에는 자제했다.

우리는 나이에 따라 보를 큰오빠, 비를 꼬마동생이라고 불렀는데, 시간이 지나면서 비가 더 힘이 세고 우람해졌다. 보는 연약한 노인처럼 쭈그러들었다. 골격이 점점 튀어나오는 것 같더니 나중에는 검은색의 납작한 가죽 밑으로 척추와 골반만 남은 앙상한 몰골이 되었다. 그러고는 바닥에 누워 한참 동안 과거를 되새기는 것처럼 흐릿한 눈으로 어딘지 모를 내면을 물끄러미 쳐다보았다.

발소리를 쿵쿵 내지 않으면 우리가 방 안으로 들어온 줄도 몰랐고, 재빨리 가서 머리를 토닥이면 깜짝 놀랐기 때문에 천천히 다가가야 했다. 가끔은 리놀륨 바닥에 개구리처럼 대자로 누워 누가 엉덩이를 들어주지 않으면 일어나지도 못했다. 어떤 날은 2인 3각 경기를 하는 것처럼 수레를 밀듯 계단 위로 올려주어야 했다. 우리가 뒷다리를 잡아주면 녀석이 앞다리로 올라가는 식이었다.

보는 원래 먹이를 받아먹는 실력이 포수 글러브 수준이었다. 그런데 어느 날부터인가 먹다 남은 음식을 던져주면 머리에 맞고 저쪽으로 날아가기 일쑤였다. 그래도 오븐에 돼지고기를 넣으면 외설스러운 장난전화를 건 남자처럼 여전히 거칠게 숨을 몰아쉬었다. 눈과 귀는 고장 났을지 몰라도 코는 영원했다. 그리고 꼬리도 마찬가지였다. 거의 막대기 수준이었지만 여전히 살랑거렸다. 나는 그 꼬리가 멈추면 녀석을 다른 세상으로 보낼 때가 된 거라는 생각을 몇 번씩 했는지 모른다.

보는 내 마흔 번째 생일 때 절친한 친구 부부에게 받은 선물이었다. 우리 남편은 10년마다 깜짝 생일 파티를 열어주는데, 사실 나는 그런 깜짝 파티를 달가워하지 않는다 (당한 사람의 깜짝 놀란 표정이나 얼떨떨한 표정을 보고 희열을 느끼는 사람이라면 최고로 꼽겠지만). 나는 손님 명단이나 메뉴나 꽃 장식을 미리 볼 수 없다는 생각만 해도 불안해진다. 어쩌면 애초에 우리 남편이 깜짝 파티를 시작한 이유도 그 때문일지 모른다. 마흔이 되던 해에는 어떤

깜짝 파티가 열릴 것인가 약간 두려웠다.

그때 나는 서른아홉에서 마흔으로 변하는 마지막 순간까지, 서른 번째 생일 파티가 떠오르면서 머릿속이 어지러운 상태였다. 서른 살이 되던 그날은 1년 중 가장 더운 날이었다. 나는 광고주들을 상대로 브리핑을 하라는 상사의 지시에 따라 시내 음식점으로 향했다. 그런데 갑자기 별실의 문이 열리고 친구들이 환하게 웃으면서 깜짝 등장했던 것이다. 그러나 나는 그 이벤트 중에도 "광고주 브리핑 원고 준비하느라 내내 고생했단 말이야!" 라고 볼멘 소리를 했다가 친구들에게 그만 좀 하라는 핀잔을 받았다.

하지만 마흔 살이 되던 해는 여러 면에서 너무나 훌륭했고, 그래서 마흔 살 생일 파티를 생각하면 기분이 좋아진다. 일도 그렇고 우리 가족도 그렇고 그때가 전성기였다. 나는 더 이상 청춘 특유의 불안함과 씨름하지 않았고, 나이로 인한 어려움은 상상조차 하지 않았다. 언제든지 임신이 가능하지만 홀몸이었고, 바쁘지만 더 이상 정신없지 않았다. 기저귀 찬 젖먹이들은 어느새 자라서 학교에 다니고 있

었다. 머리는 아직 새지 않았다. 인생이 일종의 균형 상태였다.

이제 정말 필요한 건 개 하나뿐이었다. 대학을 졸업하고 그때 처음으로 우리 집에 개가 없었다. 한때는 한꺼번에 세 마리를 키운 적도 있었다. 맨 처음 시작은 달러라는 이름의 코커스패니얼로, 형제들 가운데 가장 작게 태어났기 때문에 나의 선택을 받은 아이였다.

그리고 얼마 안 있어 불쌍하다는 이유로 강아지를 선택하면 자기 근성을 보여주지 못해 안달인 정신 사나운 개를 키우게 된다는 사실을 알게 되었다. 친구들한테도 종종 이야기했던 것처럼 "달러는 방 저쪽에 어린아이가 있으면 달려가서 물어버릴 아이"였다. 그런데 사람이 개를 간파하는 능력보다 개가 사람을 간파하는 능력이 더 뛰어나다는 게 사실인지, 그 어린아이가 우리 집 아이들일 경우에는 그런 짓을 하지 않았다. 만약 그런 짓을 저질렀다면 달러는 내가 어렸을 때 어른들이 필요 없는 개를 데려가 처리하던 시골의 알 수 없는 농장으로 직행했을 것이다.

나중에 우리 차지가 된 골든 리트리버는, 원래 개를 기르는 데 따르는 온갖 의무와 일을 파티, 레스토랑, 클럽으로 이루어진 생활과 병행할 수 없다는 사실을 뒤늦게 깨달은 20대 친구들이 주인이었다. 그중 한 사람이 우리 사무실에 전화번호와 함께 '좋은 분께 무료 입양'이라고 적힌 전단지를 붙여놓은 게 화근이었다. 필요도 없고 능력도 안 되는 상황인데도 나를 저지르게 만드는 첫 번째 문구가 '구두 세일'이라면, 두 번째 문구는 '좋은 분께 무료 입양'이었던 것이다. 골든 리트리버 제이슨은 몸집이 어마어마한 빨간 머리였고, 엄지손가락끼리 서로 맞댈 수만 있으면 소아과 간호사를 해도 될 만큼 착하고 온순한 녀석이었다.

그리고 마지막은 길모퉁이 폐건물에 죽은 채 방치된 무단 거주자의 유일한 짝꿍이었던 꾀죄죄한 까만색 잡종이었다.

"개는 우리가 처리하겠습니다."

경찰은 시체를 치우면서 이렇게 말했다. 그 말은 곧 어릴 적 그 무시무시한 농장 이야기의 변주곡이었다. 그래서 나는 퍼지를 집으로 데리고 왔다. 남편이 퇴근했을 때에는 이

미 아이들이 퍼지에 대한 애착이 생긴 뒤라 반대해도 아무 소용이 없었다. 나는 개 두 마리를 키워서 정신이 없다면 한 마리가 더 추가된들 별 차이가 없을 거라고 생각했다. 사람의 손은 두 개뿐이라는 사실을, 혹은 어떤 엄마 말마따나 셋째가 태어나면 이제는 맨투맨에서 지역방어로 전환해야 한다는 사실을 너무도 간단하게 잊어버린 거다.

달러, 제이슨, 퍼지. 길거리에서 개줄 세 개를 붙잡고 씨름하는 우리 모습을 누가 보았더라면 개에 미쳐서 정신줄 놓기 일보 직전이라고 생각했을 것이다. 그러나 얼마 후 그 소란스럽던 개들은 한 마리씩 늙어서 죽어버렸다. 머지않아 언덕 위 옥수수 창고 옆에 조그마한 반려견 공동묘지가 만들어졌고, 깨진 슬레이트 지붕에 분필로 적은 묘비가 세워졌다.

너저분한 게 싫어서 반려동물을 키우지 않는다는 말을 누군가가 하면 나는 그 말에도 일리가 있다는 생각을 한다. 그 털하며 침, 가끔 바닥 위에 생기는 물웅덩이……. 그러나 인생 자체가 너저분한 법이고, 자기는 깔끔하게 살 수

있다고 착각하는 사람들이 오히려 인생의 변덕을 가장 심하게 겪는 법이라고 대답하고 싶은 마음을 꾹 참는다.

사실 우리는 개가 있을 때보다 없을 때 더 너저분하다. 퍼지가 죽고 마룻바닥을 긁는 발톱 소리가 환청이 되었을 때 나는 아이들이 부엌에서 먹는 것보다 흘리는 게 더 많다는 걸 알게 되었다. 금붕어 크래커와 치리오스와 빵 조각이 얼마나 많이 떨어지는지 그제야 알아차렸다. 그런 조각이 떨어지면 공중에서 낚아채거나 바닥에 닿자마자 먹어치우는 녀석들이 있었기 때문에 그동안 몰랐던 것이다. 개들이 집 안을 너저분하게 만드는 건 사실이지만, 깨끗하게 치우기도 한다.

그래서 마흔 번째 생일을 치른 지 한 달이 지나고 퍼지가 죽은 지 8주가 채 안 됐을 때 나는 뉴저지에 있는 어느 사육장의 분만실을 찾아갔다. 사육장 주인이 제일 아끼는 암컷이 새끼 십여 마리를 낳았기 때문이었다. 기어오르고 꼬물거리고 꼬리를 흔들고 으르렁거리는 새끼들 틈바구니에 앉아 있는데, 어미가 힘없이 일어서더니 배와 주둥이를 축

늘어뜨린 채 밖으로 나갔다.

새끼들은 목에 병원용 팔찌를 달고 있었고, 팔찌에는 태어난 순서를 의미하는 숫자가 적혀 있었다. 버둥거리며 계속 내 무릎 위로 기어 올라와서 무언가를 묻는 듯한 표정으로 내 얼굴을 쳐다보던 강아지가 11번이었다. 나는 그 11번을 집으로 데리고 와서 '보'라고 이름을 짓고, 그 어미의 생활이 어땠을지 체험하기 시작했다.

녀석은 2주 동안 매일 아침 새벽 4시 45분에 일어나서 조그만 소리로 날카롭게 깽깽 짖었다. 강아지를 길들이는 것과 아이의 배변 훈련은 공통점이 있다. 가장 기본적인 신체 기능을 칭찬해야 하기 때문에 책임자 격인 어른이 바보가 된 듯한 기분이 든다는 것이다.

"아주 잘했어."

나는 밤이 끝나가는 시간에 이슬로 흠뻑 젖은 잔디밭에서 부들부들 떨며 이렇게 중얼거렸다. 그러면서 한밤중에 수유를 하던 당시 그 깊고 끝이 없었던 어둠을 떠올렸고, 보는 별들 아래서 강아지 춤을 추었다.

인생은 엄청난 미스터리다. 그것만은 분명하다. 스무 살 때 누구한테 지금과 같은 일상을 자세히 들었다면 나는 콧방귀를 뀌었을 것이다. 서른 살 때 우리 아이들은 희미한 빛에 불과했다. 마흔이 되자 아이들이 커서 어떤 어른이 될지 아주 조금씩 감이 잡히기 시작했다. 나는 지금도 미래를 장담하지 않는다. 이렇게 평온한 생활이 오랫동안 계속될지 아니면 어떤 변화나 지각변동이 끼어들지 알 수 없다. 나는 당연하게도 예견하는 것이 별로 없다.

하지만 개의 삶은 사실 미스터리랄 게 없다. 아주 드물게 예외인 경우도 있지만, 별다른 변화가 없다. 그의 일상은 똑같을 테고, 좋아하는 것도 예측 가능한 범위 안에 있을 것이다. 호수, 다람쥐, 뼈다귀, 햇볕을 쪼이며 즐기는 낮잠. 지루할 것 같지만, 개가 인간에게 중요한 역할을 하는 이유가 바로 이 때문이다. 모든 게 불확실한 세상, 위기에서 도약으로, 도약에서 다시 위기로 물수제비를 뜨는 것 같은 생활 속에서 개는 그 무엇보다 든든한 언덕이 되어줄 수 있다.

그리고 인간 세상에서는 미스터리지만, 개의 세상에서는

미스터리가 아닌 게 한 가지 더 있다. 인간들은 개하고 언제까지 함께 지낼 거냐는 질문을 받으면 대부분 얼버무리지만, 개들에게는 이런 질문 자체가 성립되지 않는다.

우리는 보를 데리고 오면서 그와 함께 많은 걸 집 안으로 들였다. 심심할 때 씹으면서 놀라고 사주었건만 의자 다리나 신발에 밀려 늘 찬밥 신세였던 빨간색 장난감. 며칠 밤을 애처롭게 울면서 애먹인 뒤에야 적응한 잠자리용 대바구니. 자기 머리 위로 날아와도 깡그리 무시했던 반려견용 프리스비. 그리고 『래브라도 리트리버』라는 제목의 책. 귀퉁이가 모조리 씹혀서 너덜너덜해진 그 책에는 이런 문장이 있었다. "래브라도의 평균 수명은 12년이다."

보는 열다섯 번째 생일을 2주 앞두고 죽었다. 우리 다섯 식구는 녀석이 정확히 언제 죽을지 3일 전부터 알고 있었는데, 그건 너무나도 잘못된 일인 것 같았다. 나는 원래 날을 잡는 이유를 잘 이해하지 못하는 사람이다. 제왕절개 수술도 그렇고, 남편과 데이트하는 날도 그렇다. 하지만 월요일 아침 아홉 시에 준비를 끝내달라고 동물병원과 화장터

에 전화를 걸어 보의 마지막 순간을 결정했을 때만큼 가슴 아팠던 적은 없었다. 착한 우리 11번을 사형장으로 걸어가게 만든(아니 절룩거리며 가게 만든) 그 끔찍한 주말만큼 처참했던 적은 없었다.

시간과 날짜를 어떤 식으로 정했는지 그건 생각이 나지 않는다. 사실 크리스토퍼는 대학을 졸업하고, 베이징에 갔던 퀸은 귀국하고, 대학을 다니던 마리아도 집에 온 덕분에 모두 한자리에 모였고, 세 아이 모두 보의 마지막을 함께하고 싶어 했다. 보의 인생이 역전되었다. 예전에는 제가 달아나서 세 아이의 근심걱정을 불러일으키며 자신을 기다리게 만들더니 이제는 세 아이가 자유롭게 항해하는 동안 문가에 누워서 세 아이가 돌아올 때까지 참을성 있게 기다리는 상황이 된 것이다. 나는 녀석이 어떤 기분인지 알 수 있었다. 우리 부부도 개밖에 없는 깨끗한 집에 단둘이 살며, 세 명의 토박이가 돌아와 시끄럽고 떠들썩하고 유쾌한 분위기가 재연되기를 기다리고 있었으니까. 우리 모두 입장이 바뀐 셈이었다.

어쩌면 우리가 몇 개월 동안 애써 외면하고 있었던 진실을 아이들이 깨달은 것이었을지도 모른다. 이제 보도 떠날 때가 되었다는 것을 말이다. 앞을 잘 못 보는 보의 어슴푸레한 눈에 남아 있던 한 줌 빛이 지난 몇 주 동안 점점 희미해졌고, 울 때도 관심이 필요해서 우는 게 아니라 고통을 끝낼 방법을 찾느라 우는 것 같았다.

우리가 오랫동안 녀석을 붙잡아두었던 이유는 아직 생기가 남아 있다는 것, 얼마 전까지 어떤 동물이 자기 영역을 지나갔는지 코를 땅에 대고 확인할 만한 호기심이 남아 있다는 것, 밥그릇을 얼굴 바로 앞에 갖다 주어야 하긴 했지만 '냠냠'을 그릇 속에 붓는 소리가 들리면 허겁지겁 달려오는 듯한 기미가 느껴졌기 때문이었다.

그러던 어느 날, 나는 녀석이 아니라 우리를 위해서, 녀석을 떠나보낼 결단을 내리는 게 너무 어렵다는 이유 때문에 녀석을 붙잡아두고 있다는 사실을 퍼뜩 깨달았다. 개와 인간 사이에 맺는 그 즐거운 약속을 생각하면 그야말로 용서할 수 없는 배신이었다.

우리가 둘러앉아 관심을 보이자 워낙 알록달록해서 얼룩을 감추기에 더없이 훌륭한 러그 위에 누워 있었던 녀석은 조금 어리둥절한 듯했다. 나는 녀석의 머리 쪽에 나란히 누웠고, 브라운 선생님은 녀석의 뒷다리 옆에 자리를 잡고 주사기를 꺼냈다. 보는 처음 따끔했을 때 짜증스럽다는 듯 움찔했지만, 잠시 후에는 고개를 당당하게 들고 가만히 앉아서 그 어느 때보다 위풍당당하고 늠름한 모습을 보였다.

나는 녀석의 어깨에 얼굴을 묻고 목을 끌어안은 채 누워 있었다. 그 순간 위에서 빗방울이 떨어졌다. 돌로 깡통을 때리는 듯한 소리가 날 정도로 거세게 퍼붓는 빗방울이었다. 하지만 알고 보니 그건 빗방울이 아니라 남편의 눈물이었다. 그리고 아이들이 우는 소리가 들렸다. 그 순간 문득, 가당치 않은 일이지만, 나는 그 늙은 개를 위해 우리가 그러모은 사랑에 기뻐했고, 언젠가 나도 아주, 아주 운이 좋으면 지금 이 사람들 옆에서 이렇게 간소하고 평화롭게 죽을 수 있을지도 모르겠다는 생각에 기뻤다.

사람들은 갓난아이한테 그러는 것처럼 개한테도 무슨 뜻

인지 모를 말을 한다. 나는 녀석이 잔디밭에 납작 주저앉은 강아지였을 때 그랬던 것처럼 녀석의 귀에 대고 같은 말을 계속 중얼거렸다.

"그래, 그래, 너는 진짜 남자지. 이 세상에서 제일 훌륭한 개이고말고. 그래, 그래, 다 잘될 거야. 너는 진짜 남자야."

브라운 선생님이 내 쪽으로 고개를 돌리자 나는 고개를 끄덕였고, 그녀가 주사기의 피스톤을 눌렀다. 보는 그르렁거리면서 깊은 숨을 두 번 내쉬더니 내 위로 몸을 뉘었다. 우리는 그렇게 녀석을 보냈다.

나는 죽음의 완곡한 표현을 탐탁지 않게 생각한다. 그리고 누가 죽었을 때 '영면했다'고 말하는 걸 질색하는데, 개한테만큼은 이보다 더 적절한 표현이 없는 것 같다. 우리는 그렇게 녀석을 보냈다.

나는 죽으면 인생이 남긴 주름살이 평평해지고 불안과 걱정이 사라진다는 사람들 말을 믿지 않았다. 그런데 브라운 선생님과 아이들이 떠나고 난 뒤에 보를 보았더니 다리

와 눈과 귀가 말썽을 일으키기 이전의 모습과 훨씬 가까워
져 있었다.

이제는 자기 구역에서 열심히 말을 몰아내고, 꼬리를 털
달린 키 삼아 원을 그리면서 거위를 쫓아 열심히 헤엄쳤던,
그런 개처럼 보였다. 개에 관한 책 표지에 실리는 잘생긴
래브라도처럼 보였다. 본모습 그대로 명견처럼 보였다. 좀
더 짧고 압축적이라는 것만 다를 뿐, 명견의 삶은 위인의
삶과 다를 바 없다.

보는 우리 가족으로 15년을 지내면서 뱃살과 송곳니만 9
파운드로 늘었고, 래브라도 기준으로 꼬부랑 할아버지가
될 때까지 살았다. 그리고 나도 나이를 먹어가고 있다. 이
제는 기억이 가물가물하고, 무릎이 아프다. 안경을 쓰지 않
으면 책 위의 글씨가 소풍 나간 개미떼처럼 보인다. 하지만
혈압은 낮고, 골 스캔은 훌륭하고, 유방 엑스선은 아직까지
이상 없다.

나는 우리 아이들을 사랑하고, 아이들도 나를 사랑하며,
사랑하는 아이들의 아버지와 아직까지 잘 살고 있다. 처음

에 나는 인생이 끔찍하도록 복잡하다고 생각했고, 어떤 의미에서는 그게 사실이다. 하지만 아주 단순한 데서 삶의 만족감을 느끼기도 한다. 내가 보의 일생을 지켜보면서 터득한 교훈이 그것이다. 주먹이 날아오면 피하고, 상황을 있는 그대로 받아들이고, 과거나 미래가 아니라 현재의 관점에서 나를 평가하고, 이따금 코를 위로 치켜들고 상징적으로나마 큰 소리로 이렇게 외치는 것. "베이컨 냄새가 난다!"

나는 예전의 내가 아니고, 녀석도 마지막 순간에는 예전의 그 모습이 아니었다. 거위들은 호수에서 물장난을 치고, 노란 래브라도는 매일 아침마다 주인과 함께 달리기를 한다. 혼자 산책을 나섰던 처음 몇 번은 그 노란 래브라도가 정말 슬퍼 보였다. 비는 보를 정말 보고 싶어 하는 것 같은데, 어쩌면 이번에도 내가 감정이입을 하고 있는 건지 모른다.

예전에 나는 아침마다 늙은 친구 보가 아직 숨을 쉬는지 확인했고, 날마다 녀석의 눈치를 살폈다. 아플까? 행복할까? 쇠약한 몸으로나마 살아 있는 게 의미가 있을까? 언젠

가 나 스스로 똑같은 질문을 할 때가 찾아오겠지만, 적어도 예전에 한번쯤 고민했던 질문이 될 것이다. 가끔은 늙은 개가 삶의 지혜를 가르쳐주기도 한다.

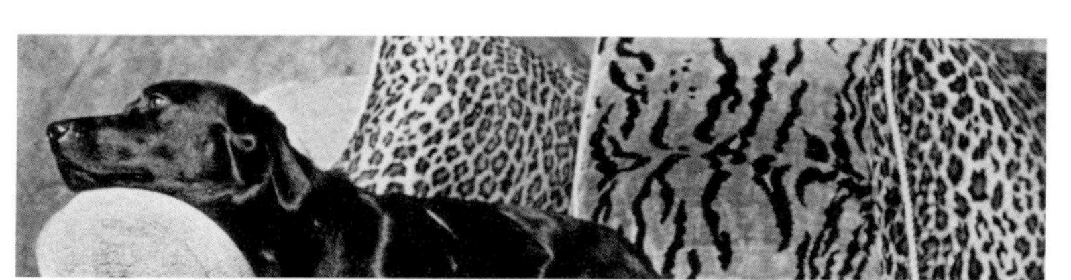

옮긴이의 말

명견의 삶은 위인의 삶과 다를 바 없다

다른 역자들은 어떨지 모르겠지만, 나는 좋아하는 작가의 작품을 번역할 때 가장 큰 희열을 느낀다. 그런 의미에서 이번 『굿독-'보'와 함께한 아름다운 날들』 번역은 정말로 신이 나는 작업이었다.

애너 퀸들런의 면모가 다시 한 번 유감없이 발휘된 이 작품, 『굿독-'보'와 함께한 아름다운 날들』에서 감정이입의 대상은 15년에서 2주 모자라는 기간 동안 함께 지내다 그녀의 손으로 직접 떠나보낸 반려견 보다. 반려동물을 키워본 사람이라면 누구나 고개를 끄덕이겠지만, 사실 반려동물의 이야기는 내 이야기이고 가족의 이야기이다. 나와 가족의 일상 속에 그 반려동물이 있었으니 그럴 수밖에 없다.

애너 퀸들런은 이 책에서 "좀 더 짧고 압축적이라는 것만 다를 뿐, 명견의 삶은 위인의 삶과 다를 바 없다"고 하면서 트레이드마크인 유머와 명언을 양념처럼 곁들여 보의 나이 듦과 죽음을 이야기하는데, 그것은 결국 우리의 나이 듦과 죽음에 대한 이야기이다.

그녀가 보를 통해 우리에게 전하고 싶은 한마디는 인생이 정말로 끔찍할 만큼 복잡하기는 하지만, 아주 단순한 데서 만족할 수도 있다는 게 아니었을까.

애너 퀸들런의 장점이자 특징은 짧은 글을 통해 많은 생각을 하게끔 만드는 것이다. 『어느 날 문득 발견한 행복』과 『내 생의 가장 완벽한 순간』의 계보를 잇는 이 책에서도 그녀의 장점이자 특징은 유감없이 발휘된다. 모쪼록 이 책에 실린 견공들의 사진과 행복하게 살다 품위 있게 삶을 마감한 보의 이야기가 감동의 눈물이건 찰나의 깨달음이건 무엇이건 여러분의 마음에 작은 파문을 일으켰으면 좋겠다.

▪ 사진 출처

어맨다 존스
9, 10, 12-13, 15, 16, 19, 20-21, 23, 26-27, 29, 30, 33,
35, 39, 40, 47, 48-49, 51, 53, 54, 56-57, 67, 87, 91쪽

짐 드랫필즈 페토그래피
24, 68, 78, 82-83쪽

짐 드랫필즈 페토그래피/게티 이미지스
7, 36-37, 43쪽

제인 버턴/워런 포토그래픽
63, 64-65쪽

밸러리 새프
60쪽

킴 레빈
45, 71, 72, 88-89쪽

엘리엇 어윗/매그넘 포토스
59, 74-75, 77, 81쪽